AF389551

TURNO DE NOCHE

Rafael Aguirre

Colección: VITAE
Director: David Soler

TURNO DE NOCHE
1.ª edición, 2018
© 2018: Rafael Aguirre Franco
© de esta edición: ICG Marge, SL

Edita: Marge Books
València, 558 - 08026 Barcelona
Tel.: 932 429 486 - marge@margebooks.com
www.margebooks.com

Compaginación: Michelena Artes Gráficas, S.L. (Astigarraga, Gipuzkoa)
Impresión: QP Print Global Services (Molins de Rei, Barcelona)

ISBN: 978-84-17313-53-1
Depósito Legal: SS 212-2018

El papel empleado en este libro no ha sido blanqueado con cloro elemental (CI2).

Sumario

TURNO DE NOCHE

Sentado en una terraza de la Gran Vía, Colomer extiende las piernas y se saca el zapato derecho que le está molestando. Debía haberse comprado talla cuarenta y dos. Ha pedido una jarra grande de Heineken y la bebe con fruición. Enciende un puro, el primero desde hace seis meses cuando dejó de fumar, pero este día de fiesta grande lo merece. Un tropel de gente desfila en retirada, tras los fuegos artificiales. No estuvo mal el castillo, los napolitanos son unos maestros con las carcasas de efectos múltiples, aunque anduvieron justos de material. Nada que ver con el grandioso espectáculo ofrecido por la firma de Malta en la noche del martes. Desde la mesa de al lado le piden la silla en la que ha extendido las piernas y les dice que sí, que no faltaría más, la cogió porque le daban calambres muy fuertes en el muslo. Se limpia con el dorso de la mano el bozal de espuma y recuerda la faena de Enrique Ponce a su segundo. Como siempre, su paisano le echó mucho arte pero él prefiere verle en Valencia, rodeado de una afición que le adora y así se lo dijo al amigo Olabe que le acompañaba. Les aguó la fiesta una pareja inglesa sentada en la fila de delante, que no paró de gesticular horrorizada, especialmente en la suerte de varas. Una suerte que se desarrolló durante toda la tarde, ya es casualidad, justo enfrente de ellos. Si no les gustaba podían haber abandonado el recinto, como hizo aquel grupo de rubios, posiblemente escandinavos, del tendido 5. Pero los ingleses aguantaron hasta el final dirigiendo miradas acusadoras a su alrededor. Tuvo que controlar a Olabe para que no saltara porque Olabe aparte de saber un buen inglés tiene mucho genio. Una agria discusión que tuvo con él sobre el sistema impositivo vigente en ambas Comunidades les tuvo alejados durante varios meses.

Luego camina hasta el Arenal. ¡Qué estruendo mamma mia!, lo dice así, en italiano. Ni un paso se puede dar entre aquellos barracones donde alterna una muchedumbre mayoritariamente juvenil. Imposible entablar una conversación, aunque ahora está solo porque Olabe se ha ido a una cena familiar. Justo al lado, en el Teatro Arriaga se anuncia una zarzuela que ya había pasado por Valencia. En una época lejana él había sido concejal de fiestas en Burjassot y sabe lo difícil que es movilizar a la gente. La oposición le hizo dimitir del cargo al entender que existía una clara incompatibilidad con su oficio de pirotécnico. Sentado en el pretil recuerda otro viaje a Bilbao, en un autobús de la Peña Cabanyal, con ocasión de las semifinales de Copa. La afición de Mestalla es entregada pero nada que ver con la del Athletic. Menuda bronca les armaron a los ches con el pretexto de un penalty injusto en el partido de ida. Por si acaso, él escondió la bufanda blanca y negra de lana. Terminó 1-0, por suerte para él. También entonces, en pleno partido, se peleó con Olabe a causa de un fuera de juego inexistente, aunque nada más terminar firmaron la paz con unas cervezas. Ahora que San Mamés está remozado, seguro que les sale bien la temporada.

Una docena de personas aguarda impaciente en la terraza a que quede una mesa libre. Colomer termina la cerveza y se abrocha el zapato para irse. Se incorpora al río humano donde la mayoría toma helados. Pasa junto a un bingo donde estuvo con su mujer en una visita anterior. A Susana le encanta el bingo pero a él le gusta jugar al mus con el grupo de amigos, aunque lo va sustituyendo por los juegos de cartas online. Mira el reloj y confirma su sospecha, son ya la una y veinticinco. A paso rápido por la ancha avenida se encamina al hotel, que le agrada por su situación cercana a la ría y a los museos, museos que no va a visitar esta vez porque anda con el tiempo justo. El vestíbulo rebosa de gente y más aun el bar donde los clientes apuran una última copa. Sube a la habitación, se desprende de los zapatos y acomodado en el sofá repasa las notas para mañana y toma nuevos apuntes con un bolígrafo rojo. A primera hora vendrá Izaskun para llevarle a la fábrica de Areatza donde ultimarán los pedidos, con especial atención a las carcasas de crisantemos. Recuerda este pequeño pueblo que conoció hace tres años y el atardecer en la placita donde los niños se comunicaban en aquel idioma del que nada alcanzaba a entender y que sin embargo sentía cercano y familiar.

Termina de leer el periódico en la cama. Es entonces cuando percibe en la pared frontal una tabla que cubre el hueco del acondicionador de aire, justo encima del cuadro de Matisse. No le da importancia al detalle, no hace calor. Se da crema en la cara a la luz matizada del baño que le oculta las arrugas. Tumbado boca arriba en la cama piensa que ya va siendo hora de rebajar el ritmo de su trabajo, tiene que gozar un poco más de la vida. El problema es que a Sergi, el hijo mayor, no le van los negocios, dice que él nació para artista. Su madre Susana le da la razón y señala que lo más importante para la felicidad es saber realizarse como persona. Con Susana estuvo en Bilbao, la primera vez, tres días antes de la gran inundación. Disparaba Arnal y vinieron a ver su espectáculo alojándose en un modesto hotel del Casco Viejo. Caminaron codo con codo por los almacenes, revolviendo saldos. Acudieron a un teatro cuyo nombre no recuerda, aunque si el argumento del drama porque les hizo llorar. Esa misma noche, de regreso al hotel, Susana se desfogó como solía hacerlo en aquella época. A la mañana ella se sintió mareada, como si llevara una bola en el estómago. Tenía la fiebre altísima. Apareció al rato la doctora, muy gruesa, envuelta en una gabardina raída, que le dio unos masajes consiguiendo que bajara la fiebre de forma casi inmediata. Haciendo un hueco en su apretada agenda de agosto, acompañó a su esposa a un balneario de Arnedillo donde Susana se recuperó por completo gracias a la vinoterapia y donde empezó a interesarse en la astrología

Se pone el pijama y echa a un lado su ropa interior, ya francamente sucia. Se duerme enseguida. A las dos de la madrugada le despierta una airada discusión. El primer grito es poderoso y traspasa fácilmente desde la habitación contigua. "No lo entiendes porque te aferras al pasado. Me ocupo yo de llamarle", dice una voz masculina. Ella le contesta entre sollozos, con claro acento francés: "No te importa lo que yo haga, Arturo. Estás lleno de contradicciones". Le responde él: "No me has dicho para qué lo quieres". Y ella: "Tu no cambiarás nunca". El sonido llega claro por el hueco del acondicionador y va creciendo el tono agresivo en el que se comunican. Pero Colomer, desvelado ya, no presta atención. Le gana el cabreo pues él necesita descansar al menos siete horas para estar en forma. Los imagina de pie, él con un punto machista y ella con el pelo suelto y cubierta de lágrimas. Piensa en pedirles que se callen con un grito, o golpear en la pared, pero renuncia porque ya ha cesado la disputa. Se abre un silencio cargado de expectativas. Colomer vuelve a dormirse, con un sueño que transcurre en una llanura extensa por la que se desliza un tren sin fin y que él conduce con mano temblorosa. Sueño que se interrumpe otra vez con los gritos airados de la pareja que hablan ahora sobre la venta de una finca de la que ella no estaba enterada. Él le contesta: "No quisiste saber de mis cosas. Has vivido siempre de ilusiones". Colomer piensa en llamar a recepción, pero ya está amaneciendo. Tumbado boca arriba contempla la luz creciente que se filtra por la persiana. En el duermevela cree que es domingo y que podrá quedarse más tiempo bajo la sábana.

En recepción hay formada una larga cola. Acaba de llegar un grupo mejicano coincidente con los clientes que abonan sus facturas. Mientras espera turno, Colomer ojea en El Correo la crónica taurina, que alaba el encaste del ganado y reprocha a Morante su falta de compromiso en una plaza tan importante como ésta. Sobre la foto de los Fuegos, que va en portada, el cronista titula: "Correcto espectáculo de la pirotecnia Lieto. Perfecta conjunción de luz y sonido". Le atiende en recepción un joven que lleva el pelo sujeto con gomina. Le dice: "Soy el de la 315. ¿Podría informarme quienes son la pareja del 317? Creo que les conozco". Añade para concretar más: "Él se llama Arturo".

—Como no, señor Colomer. Son Arturo Mendoza y Christine Lemurier, clientes habituales. Precisamente están sentados allí. Pasarán toda la semana.

El andará por la treintena, es atractivo, de labios finos y viste un Lacoste verde esmeralda. Ella va muy delgada, atractiva también, y se cubre —es un decir— con una minifalda cortísima. Cuando ríe lo hace para adentro a fin de evitar que se le desarme el maquillaje. Se sientan en el sofá muy juntos y conversan sonrientes. Colomer se acomoda cercano y oye a Arturo preguntar: "¿Llamarás por favor a Elena?". "No me puedo olvidar, mon cher", le contesta Christine. Disimuladamente les sigue al buffet mirando desde atrás las larguísimas piernas de la chica. Colomer quiere algo ligero, un café expreso y un cruasán, porque a mediodía la comida con Izaskun seguro que será muy abundante. Arturo se sirve lo mismo, expreso y cruasán. Christine, en cambio, llena la bandeja con varios yogures, cápsulas de mermelada y tostones, salmón ahumado con arroz y dos pastelitos. Le dice a su chico con una mirada sin sombras: "Arturo, recuerda que apalabré la esthéticienne de Ercilla para las 11 horas", y se sacude el pelo con gesto glamuroso. Le responde Arturo, rozándole los labios con el índice: "No te pueden mejorar".

Cuando cruzan la puerta de salida del Abando, Colomer no puede contenerse y les suelta en voz bien alta:

—Esa falda es demasiado corta para una ciudad como Bilbao.

EL DEDO QUE SEÑALA

El abogado Marichalar se sienta tras una mesa de caoba y saluda con un frío apretón de manos. Me lo han recomendado como un profesional eficaz, pero su aspecto no es agradable: nariz gruesa sobre un rostro inflado y pronunciada calvicie. Me invita a tomar asiento y pregunta por mi nombre.

Soy Enrique Aguilar Anitua —le digo—, como consta en la tarjeta que entregué a su secretaria. Acudo a su despacho pues el trámite administrativo incoado ante la Guardia Municipal no dio resultado alguno. Me dice que le exponga brevemente los hechos. Para no saltarme nada me guío por el escrito de denuncia que extraigo de mi cartera.

Todo se inició el pasado 23 de enero —empiezo— hacia las 12 menos cuarto de la noche. Salía de una cena ofrecida a un compañero del banco, Ernesto Peñalba, recién jubilado a los 58 años. Tras despedirme del grupo volvía a casa por la orilla del río consultando el móvil. Cerca de la estatua de la Reina Madre percibí una sombra semioculta tras el tronco de un álamo. Al llegar a su altura me di cuenta de que aquel hombre estaba orinando. Llamé su atención con un carraspeo fuerte, pero él como si nada, siguió a lo suyo. Le afeé su conducta sin que él, que ya estaba abrochándose el pantalón, se dignara contestarme. Decidí entonces que el incidente no podía acabar así y le seguí de lejos, primero hasta la Estación del ferrocarril y luego por las calles hasta el número 15 del Paseo Misericordia, donde se metió.

El abogado Marichalar señala que huele al tabaco que fumó la anterior visita y se levanta para abrir la ventana. Veo que una nube oscura tapa el cielo. Sin motivo aparente hojea un calendario de mesa y, mirándome fijo a los ojos, me pregunta lo que hice a partir de entonces.

He sido siempre un hombre muy legal —le digo— y aspiro a que mis conciudadanos lo sean también, pues ello es absolutamente necesario para una convivencia pacífica. Al día siguiente, a las nueve de la mañana, tras seis horas escasas de sueño, me planté en el número 15 del Paseo Misericordia. A los cinco minutos salió del portal una mujer con el carro de la compra. La abordé y describí a su vecino: hombre grueso, de escasa estatura y con una larga melena recogida. Le pregunté por su nombre. Se llama Gerardo —me dijo— y va todos lo días al hogar del jubilado, justo a las diez. Efectivamente, poco antes de esa hora apareció Gerardo, quien debió reconocerme pues aceleró la marcha cruzando la calle, por cierto fuera del paso de peatones. Le di alcance enseguida y le insté a detenerse. Tras afearle su comportamiento de la noche anterior, el tal Gerardo, en lugar de presentar sus excusas, sacó su carnet de identidad indicando que había cumplido 75 años (la verdad es que no los parecía) y que sufría una afección renal. Lo dijo en un tono alterado, diría incluso que impertinente, y se alejó trotando. No quise seguirle. Volví al portal y del buzón de cartas tomé su nombre completo: Gerardo Calodoro Juvet.

—¿Para qué lo quería? —me pregunta el letrado.

Le digo que aquella misma tarde redacté un escrito de denuncia ante la Guardia Municipal relatando lo sucedido, tal como lo estoy haciendo aquí.

—¿Tuvo éxito en su gestión?

Me fueron dando largas en la comisaría —le digo—. Que si lo estaban estudiando, que si se había extraviado el expediente. Incluso una señorita-agente intentó justificar al tal Gerardo. Volví a llevar los papeles, sin éxito. Es esta la razón por la cual recurro a sus servicios profesionales. ¿Cual sería la minuta?

El abogado clava la mirada en el techo, como si estuviera calculándola, cuando seguro que no ha hecho otra cosa durante la entrevista. Me dice al fin que serán 1.500 euros. Le respondo que la cifra es elevada y que tendré que pensarlo. Quizás recurriendo a los servicios sociales del Ayuntamiento encuentre una ayuda para cubrirla.

COMPLOT

El hombre tenía alrededor de cincuenta años, una calva sobre la que flotaban varios pelos blancos y el rostro como tallado en madera. Vestía camisa floreada y abierta que dejaba ver una cruz de oro sobre el pecho.

Tal como se lo indicaron, Tomás Lozano había aparcado el Simca 1000 en una calle solitaria de aquel barrio periférico, al norte de Madrid. Fue luego andando como medio kilómetro, a la luz escasa de los pocos faroles y anuncios luminosos que no habían sido rotos a pedradas, hasta llegar al edificio de dos pisos. Comprobó el número del portal. La puerta estaba entornada y subió las escaleras entre olores de berza y orines. Le sorprendió la habitación, que estaba amueblada con gusto, con sillones de mimbre, una mesa lacada y la biblioteca del fondo colmada de libros y revistas. Allí dentro todo era relajante y mullido, más aun en contraste con el paisaje destartalado del exterior.

El hombre calvo le invitó a sentarse. Luego trajo dos cervezas.

—No te esperaba hasta las once.

—Me tuve que adelantar, Matías. Mañana salimos temprano para Vitoria, a empezar las ferias del norte.

—Me encuentras de milagro. Me cogió un atasco por Independencia y estuvimos una hora parados. Vuelvo enseguida —dijo Matías al salir.

Tomás Lozano recorrió con la vista las paredes verde manzana de las habitaciones y se levantó para observar los cuadros. Al rato entró el hombre con una bolsa de plástico.

—Te veo bien. No has cambiado nada. Se nota que te cuidas.

—En mi oficio tienes que hacerlo. Si no, no duras nada. —Se quedó un rato en silencio y luego añadió—. Tengo ganas de volver por Vitoria. Allí nací.

El hombre abrió la bolsa de la que sacó la automática negra Astra, calibre 9 mm parabellum.

—Guárdala en la cintura por la parte de atrás y sácate la camisa para taparla. Es pequeña pero eficaz.

Tomás Lozano tenía hambre y aceptó con gusto la carne estofada, acompañada con un buen Rioja del 57. Mientras comían, Matías le dijo:

—Te sigo de cerca. Lleváis una buena temporada, con diecisiete corridas y diez orejas. Que este éxito no te frene.

Tomás Lozano le dijo que el mérito era de Andrés Vázquez porque era un torero muy completo, y que él se limitaba a una brega eficiente, aunque reconocía que las banderillas se le daban bien.

Matías siguió hablando, ahora de la célula Vallecas, aunque personalmente y por cuestión de seguridad de sus componentes, no conocía más que a Tino. Y de él ni siquiera sabía su nombre verdadero y dirección.

Una hora más tarde, Matías le acompañó hasta la calle. Desde la lejana avenida llegaba sordo el rumor del tráfico.

* * *

El club se llamaba Vermont y estaba situado al extremo del Paseo de la Senda, junto al parque de la Florida. Diez o doce parejas bailaban en la pista. Era un local pequeño, atravesado por un mostrador de zinc al que se apoyaban taburetes de terciopelo rojo. Otras parejas permanecían sentadas en las butacas que rodeaban la sala, acariciándose o dándose el morro. La mujer tenía apoyada la mano en el hombro de Tomás Lozano.

—¿Te importa que fume?

Lozano negó con la cabeza y pidió dos cervezas al camarero.

—¿Te acercaste por Foronda? —le dijo la mujer.

Tomás se sentía incómodo. Era la primera vez en bastante tiempo que no se había afeitado por la mañana y no dejaba de pasarse la mano por las mejillas. Le gustaba estar muy pulcro en sus citas con mujeres.

—No tuve ocasión. Me levanté tarde y fuimos toda la cuadrilla al apartado. Comimos en el mismo hotel donde nos alojamos.

La mujer le contó lo que ya había escuchado muchas veces.

—Les sacaron de la cárcel de madrugada y les llevaron al puente de Foronda. Los cuerpos aparecieron hace poco, casi treinta años más tarde de ocurrido.

Tomás recordaba vagamente a su padre asesinado, pero este recuerdo le venía sin duda de las fotos del álbum familiar porque entonces tenía solo siete años. Le recordaba sobre todo en un retrato de estudio, vestido con el uniforme de guardia de asalto. Su madre le contó más tarde las aventuras de guerra en Brunete, Peguerinos, Guadalajara y la caída como prisionero en el frente de Madrid. Vitoria era entonces una ciudad provinciana, llena de militares y curas. Alguno de estos le hizo imposible la vida. Cuando al final de la guerra la familia se trasladó a vivir a Madrid, lo sintió como una liberación. Más tarde, mientras la ciudad crecía vertiginosamente, Molina le introdujo a la vez en la Escuela Taurina y en los círculos de la resistencia.

—Me han dicho que Ruiz Miguel ha estado fatal esta tarde. —La mujer le estaba echando el humo a la cara pero Tomás lo aspiraba con agrado porque venía del interior de ella, que era hermosa, con un rostro alargado y pálido—. Anda, cuéntame algo de la corrida.

Tomás le dijo que el público de Vitoria era frío y que a Andrés Vázquez le tocó abrir plaza porque Esplá se había caído del cartel. Al último le hizo una faena de aliño rematada con un bajonazo.

Llegó el camarero con las cervezas y ella le agradeció con un gesto. Luego se volvió hacia Tomás Lozano.

—Parece seguro que asistirá a la corrida y que os recibirá en el palco como todos los años. El 15 de agosto es la fiesta grande de San Sebastián.

Habían cambiado la música y ahora retumbaba en el local un ritmo frenético que llevó a la pista a casi todas las parejas. Eran jóvenes, vestidos de negro o vaquero, ropa ajustada y grandes zapatos, que bebían cerveza directamente de la botella.

—¿Quieres bailar? —Ella le sonreía con los ojos.

—No sé bailar, y menos estas músicas de ahora —le dijo.

Pasó el camarero y Tomás pidió otra cerveza. La de ella permanecía intacta en el vaso.

—Me siento tenso y nervioso. Mañana salimos para San Sebastián.

La mujer le cogió del hombro.

—Procura dormir. Descansa bien esta noche. —Le metió algo en la mano—. Memorízalo y luego lo rompes.

—Mejor es que me lo digas de palabra. Tengo buena memoria.

Era difícil entenderse con aquel estruendo. Salieron a la calle gozando del silencio, aunque el bochorno abrumaba. Ella le tendió la mano.

—¿Nos veremos algún día?

Lozano negó con la cabeza.

—Sabes que no. Además, aunque todo saliera bien no podría localizarte. No sé ni cómo te llamas.

—No hace falta. Llámame como quieras. Por ejemplo, Lucía. Es el nombre que me gustaría tener.

* * *

Tomás Lozano ha salido del hotel a la diez y media de la mañana. Desayunó la cuadrilla al completo, pero para hacerlo debió esperarles en el hall un rato largo pues se había despertado de madrugada tras un sueño lleno de sobresaltos. A él le gusta desayunar ligero, un zumo, cruasán y café, pero el resto come bien. Hay que reponerse del viaje y tomar energías para la tarde. Luego, uno por uno, exponen lo que quieren hacer en las horas siguientes.

—¿Y tú qué harás? —le pregunta el maestro.

Tomás ha permanecido hasta entonces en silencio, con la cabeza en otro sitio. Le cuesta reaccionar.

—Iré a dar una vuelta por ahí. Me gusta perderme por las calles.

Se ríen, porque hoy le será difícil encontrar los parajes solitarios que tanto le gustan. El maestro advierte:

—Haced lo que queráis, pero a la una y media todos de vuelta para la comida.

Tomás sale por la puerta que da al río y continua bordeando el paseo de costa. Sube por una empinada ladera al Castillo, a paso rápido para ejercitar las piernas. La espesa vegetación alivia el calor sofocante del mediodía. Alcanza la estatua enorme de la cima y desciende a paso rápido por los atajos. La Parte Vieja es un hervidero de gente. Entra en un bar atestado para pedir café, pero tras aguardar varios minutos debe renunciar porque solo dos camareros atienden a la clientela.

En La Concha, un 15 de agosto a mediodía, se hace difícil dar un paso. La multitud camina bajo los árboles y ocupa terrazas y bancos al completo. La playa, abarrotada con la marea alta, no deja ver un palmo de arena. Decenas de embarcaciones surcan la Bahía y encuadran al Azor, que está fondeado junto a la Isla.

Tomás se demora un rato, andando por las calles cercanas al Paseo. Procura coger la sombra de los edificios y de los árboles porque el calor es intenso.

A las doce y media en punto llega a la cafetería Mónaco, tal como quedaron.

—Todo va según lo previsto. —El hombre que le habla es flaco, con el pelo negro peinado a raya y lleva en la mano una bolsa—. Mucha suerte, maestro.

La terraza está colmada, pero en el interior solo hay dos o tres clientes. El hombre delgado ha desaparecido, tan rápido como llegó. Finalmente puede tomar aquí un café.

Puntualmente, a la una y media, Lozano llega al hotel. En el comedor hay una mesa circular grande reservada a nombre de Andrés Vázquez. Está la cuadrilla al completo, más el apoderado y dos personas que se presentan como delegados de la empresa Nueva Plaza de Toros. Al maestro hay que aguardarle hasta las dos.

—Me entretuve con los periodistas. —Se disculpa al llegar.

Comen ligero, crema de espárragos, pescado y rechazan los postres. Para beber, agua. Luego suben a las habitaciones, a descansar un rato antes de la corrida.

Tomás Lozano comparte habitación con Martín. Cierra las persianas y se tumba en la cama, boca arriba, en calzoncillos. Al rato su compañero empieza a roncar. Él se siente invadido por una extraña lucidez.

A las cuatro suena el teléfono avisándoles la hora. Comienzan a vestirse el traje de faena. Tomás es quien ocupa primero el cuarto de baño. Cuando entra Martín a ducharse, prepara los capotes y toallas y los mete en la caja de madera que lleva su nombre. También introduce la pequeña Astra automática que guardaba entre los útiles de aseo.

El Chrysler negro les está aguardando en la puerta del hotel, minutos antes de las cinco. A marcha lenta recorren un tramo de la Avenida principal, cruzan el puente sobre el río y enfilan hacia la plaza. Una multitud a pie sigue su mismo camino. Cuando a través de las ventanillas distinguen a los toreros, les saludan con la mano y algunos aplauden.

La plaza está llena a rebosar. No es extraño porque el cartel está bien combinado y los toros de Torrestrella dan casi siempre buen juego. Pero además es tradición venir el día de la Virgen. El Generalísimo aparece en el palco justo cuando las cuadrillas salen al ruedo para iniciar el paseíllo.

Se oyen algunos tímidos aplausos junto a los gritos de jaleo de unos grupos estratégicamente repartidos por los tendidos y gradas. Como está anunciado, la corrida se inicia puntualmente a las cinco y media de la tarde.

Tras el arrastre del tercer toro, los diestros, acompañados cada uno de un subalterno, se reúnen en la puerta del tendido 1. Allí les espera un comisario que les guiará hasta el palco del Generalísimo. Es tradicional este saludo a mitad de corrida. Tomás Lozano pidió hace días al maestro ser su acompañante en la ceremonia y éste aceptó complacido. Así que los seis toreros van ascendiendo a paso rápido las escaleras que llevan a palcos. Tomás Lozano, una vez más, se ajusta el bulto duro que lleva colocado en la parte trasera de la faja. Un nutrido grupo de policías y periodistas les acompañan.

A través de la puerta observan el palco repleto de gente. El Generalísimo tiene en la mano una copa con agua. Aparece pequeño y melifluo, en contraste con la sequedad detonante de su esposa. Les rodean varias caras conocidas por el Nodo y tres o cuatro policías vestidos de oscuro. Hay también un nutrido grupo de dirigentes sindicales identificados con el yugo y las flechas de la camisa.

El hombre trajeado que ordena el protocolo se adelanta y dice con voz tonante:

—No hay sitio para todos. Esta vez solo pasan los tres espadas.

AL GOBERNADOR DE NIMRUZ

Sr. Shia Rasul Mazan,

A través de Internet recojo su nombre y cargo, que me han sido confirmados por su embajada en Madrid. Rogando atienda esta petición pues creo responde a justicia.

El pasado 27 de febrero arribé a Chakhansura, tras un viaje de siete días, por carretera desde Estambul. Transportaba un generador ensamblado en Zamudio, y que habíamos embarcado en el *Florence*, en el puerto de Bilbao. No quiero cansarle con detalles del viaje y me centro en lo ocurrido al llegar a la aduana de su país. Una patrulla de la policía de fronteras me pidió en inglés primario (así es el mío también) el pasaporte y la documentación de carga. Eran tres hombres barbudos, vestidos de idéntica forma, pero solo uno de ellos quedó a mi cargo pues los otros se desplazaron de inmediato para el control de otros vehículos. Describo al individuo, cuyo nombre ignoro: mediana estatura y grosor, uniforme caqui con dos estrellas en la gorra, kalashnikov al hombro, barba entrecana y ojos muy negros. De unos treinta años. Pues bien, este militar a quien tuve que entregar la cartera, se apropió ante mis ojos de 720 dólares que allí tenía, dejándome un puñado de calderilla en moneda local, recién cambiada en un puesto al aire libre. *Keep it. For your meal*, me dijo sonriente. Intenté recuperar la cartera, pero él daba pasos hacia atrás, sin soltarla. Llamé la atención de alguno de sus colegas que por allí circulaban sin que nadie acudiera en mi ayuda. Con el pretexto de que mi Daimler AG obstaculizaba el paso de otros vehículos, lo que era cierto, me obligaron a poner en marcha el camión y emprender la ruta. ¿Cómo pude arreglármelas sin dinero? Pues gracias a un camionero eslovaco que me adelantó unos dólares y a quien pienso reembolsar en este final de mes.

Entiendo, señor gobernador, que no es fácil descubrir al ladrón porque a ojos de un occidental todos aquellos hombres tenían el mismo aire y no llevaban número alguno de identificación. Pero le diré que aquello ocurrió a las 11.30 horas de la mañana del pasado 27 de febrero y que guardo algún objeto manoseado por el ladrón, hechos que seguramente podrían ayudar en las investigaciones.

Envío copia de esta carta al señor embajador de Afganistán en Madrid, capital del Reino de España.

SANTOÑA, 1937

Me siento a la única mesa del paseo que da a la playa. Desde México D. F. me han urgido para que acentúe en mis crónicas el horror de la guerra civil, pero hoy me encuentro aquí para testimoniar lo que quizás marque un nuevo rumbo. Ya llega el coronel Bersani golpeándose las polainas con la fusta y al rato lo hace, también de uniforme, Ernesto Sedano y luego Arriaga, que se cubre con un buzo negro. Tras los saludos de rigor analizan sobre el papel los términos del acuerdo. En el horizonte se perfilan los buques ingleses encargados de la evacuación. Al coronel Bersani le conozco de mi larga estancia en Roma como corresponsal de El Universo, y él ha requerido mi presencia en esta ocasión para que testimonie el compromiso. Me ha contado Bersani su emoción al visitar este país que no conocía pero del que tanto había oído hablar a su abuelo materno, llegado aquí hace casi medio siglo desde Agrigento para poner en marcha una escabechería y luego dos industrias para la salazón de sardina. Negocios prósperos que vendió a los doce años a un compatriota para regresar a su Sicilia natal. Ellos siguen analizando los detalles, porque el acuerdo de paz está ya decidido. Pienso que voy a ser testigo de un episodio racional entre tanta crueldad.

Aparece entonces Paulina con una bandeja repleta con ventresca de bonito, atún claro, sardinillas y sobre todo anchoas, acompañadas de un pan grueso que cuesta trocear. Nos servimos con los dedos, impregnándonos de un aceite aromático que hay que limpiar con una gran toalla compartida. Bersani anuncia: "Ya se ha fijado el lugar donde se entregarán las armas". Firman los tres el documento.

Debo añadir, y así lo expuse en mi crónica semanal, que el acuerdo no se cumplió. Oscuramente intenté comprender la voluntad secreta de cambiar el espacio y el tiempo a nuestra costa. Algo infinitamente perdido que sin embargo nos había unido bajo el disco abrasador del sol de agosto.

URUGUAYA

Sábado a mediodía, en un espacioso bar del centro. Atiende al grupo una joven rubia, que acompaña los vinos con una generosa ración de aceitunas. Cristina, así se llama, nos desea buen apetito y salud con un acento rioplatense inconfundible. Le pregunto "¿Sos argentina?". Y ella, con una sonrisa, "Justo de enfrente, soy oriental, uruguaya". Celebramos el encuentro recordando su pequeño país, que no llega a los cuatro millones de habitantes, la 'Suiza americana' destino de tantos emigrantes vascos, patria de escritores inolvidables, Mario Benedetti, Juan Carlos Onetti, Eduardo Galeano. Y 'la Celeste' dos veces campeona del mundo de fútbol: "Año 1950, aquel gol de Ghiggia en Maracaná" —recuerda Cristina—. Le prometemos que nos tendrá allí todos los sábados.

TREN DE CERCANÍAS

A Solbes le gusta viajar en dirección a la marcha. Que le huya el paisaje. Cuando hoy accede al vagón, busca un asiento en el buen sentido, porque solo de esta forma puede gozar con las cinco páginas que cada mañana dedica a Madame Bovary. Pero ha entrado Nerea que, como él, intenta siempre proyectarse en el paisaje que llega. Se saludan y le cede el asiento con una sonrisa. Saca entonces del bolso *La patria de las hormigas*, porque de pie solo es capaz de leer a Javier Tomeo, sus pesadillas de verano, sus personajes obsesivos y atormentados.

LA ÚNICA DEL VERANO

Mi familia vive en Utrera desde hace tres generaciones. Gracias al trabajo de todos, nuestras propiedades alcanzan varios miles de hectáreas repartidas en cinco pedanías de la región. El cortijo se levanta en medio del ejido y aun siendo lugar de faena tiene el confort de un pequeño palacio.

El que me haya dedicado al toro entra en la ley de las cosas, lo raro hubiera sido que no se me hubiese pasado por la cabeza hacerlo. En Utrera y sus inmediaciones habrá por las cinco ganaderías bravas y mis primeras experiencias se remontan a cuando tenía por los diez años. Pronto aprendí a trastear erales y con estas prácticas ("quien con toros anda a torear aprende", decimos) y los consejos de muchos, tomé la decisión. Mi padre no me dijo ni que sí ni que no, pero me dejaba perderme por los cortijos de los alrededores y le vi siempre en las talanqueras de las plazas cuando yo actuaba. Él también hizo sus pinitos, pero le faltaba valor, como él mismo reconocía, aparte de que se casó con veintidós años y ya sabemos que, como dice el refrán, "torero casado, torero acabado".

Hubo una época en que me pasaba el día con el capote en la mano. Gracias a las influencias de mi padre pude torear en festejos de tercera por toda Andalucía. La de revolcones que habré sufrido. En esta parte de la vida torera se aprende mucho porque tienes que lidiar verdaderos desechos de tienta y marrajos con las peores intenciones.

Ya fogueado, mi apoderado Coloma me introdujo en las ferias más prestigiosas. La temporada del 34 actué en casi medio centenar de festejos pero el año pasado solo en doce, por la cogida de Astorga. Me empitonó un Cobaleda junto a la puerta de toriles y me dejó para el arrastre. Pasé todo el verano en la cama. Mi reaparición fue en Zaragoza, en la Pilarica, y salí uno de los días por la puerta grande. Aquello me ayudó. Para esta temporada tenía firmados muchos contratos. Entonces ocurrió lo del Alzamiento Nacional.

Yo me encontraba en San Sebastián, descansando de los Sanfermines. Tenía reserva para varios días en el Hotel Ezcurra. En los periódicos locales habían aparecido algunas entrevistas y la gente me reconocía en la calle. Me saludaban con afecto y me daban palmadas en la espalda.

El 23 de julio, al llegar al hotel por la tarde, el conserje se acercó y me dijo, "Maestro, ándese con cuidado, le vinieron a buscar". Es fácil imaginarse mi sobresalto. Un torero siempre está en capilla, pero es muy distinto enfrentarse voluntariamente al toro ejerciendo tu oficio que el esperar acojonado a que unos desalmados vengan a por ti. Ya en aquellos días se hablaba de "paseos" a gente de orden, a personas cabales cuyo único delito era poseer unos bienes que seguramente habían obtenido con el esfuerzo de toda la vida.

Me toca hablar ahora del conserje del Hotel Ezcurra. Se llamaba Antonio Rosas Guirau y era afiliado a la UGT. Vivía en un barrio recién construido para obreros, al pie del Monte Ulía. Le chiflaban los toros. Había presenciado mi faena a *Zapatero*, al que corté las dos orejas, y me ofreció su casa hasta que pasara toda la bronca. ¿Cómo no iba a aceptar? Fui allí sin recoger las maletas, que me las trajo al día siguiente su hija Antoni, una atractiva niña, por los trece años de edad. Desde el balcón de la casa se veía un paisaje destartalado y una costa batida siempre por las olas, pero la comida era excelente. El tal Antonio Rosas se completaba el sueldo trabajando de guardavinos municipal. Entre nosotros nunca hablamos de política para no estropear la relación.

Me pillaron el 3 de agosto, cuando salía de madrugada a estirar un rato las piernas. Claro que cometí una imprudencia, pero estaba harto del encierro. Habitualmente hago mucho ejercicio para mantener la forma. Seguro fueron aquellos dos tipos que estaban bajo la farola, porque en cuanto me vieron dejaron de hablar y salieron disparados.

Mi celda daba sobre la bahía y parecía que estabas alojado en la misma playa de Ondarreta. Pero las buenas vistas no te quitan el miedo que llevas encima. Piensas que pueden entrar en la celda, en cualquier momento del día o de la noche, para llevarte. En varias ocasiones escuchamos las descargas. Luego, en el patio, algún preso susurraba el nombre de los ejecutados. A mí no me sonaba ninguno. Todos eran gente local.

El director de la cárcel, un tal Yurrita, no pintaba gran cosa. El tinglado lo manejaban anarquistas y socialistas, sin necesidad de papeleo alguno. Un anarquista relevante, que se llamaba Molinero, resultó un gran aficionado a la fiesta. Una tarde, en el patio, dijo de mí en voz alta que tenía mucha planta pero también mucho miedo. Le gustaban los refranes. Me soltó mirándome a los ojos, "A dos puyas no hay toro bravo" y "A toro muerto, gran lanzada". Dijo también que yo era un señorito burgués y un explotador del pueblo. Parece que mi currículo de propietario ganadero se había extendido por todo San Sebastián.

Molinero era un tipo agresivo y peligroso, pero yo le cogí las vueltas. Había estado meditando en ello y se lo solté. "Estamos en agosto y por primera vez en la historia de la ciudad no hay programadas corridas". Le propuse celebrar una en el Chofre el domingo 27, destinando la recaudación íntegra al Socorro Rojo. Por supuesto, me ofrecí como espada, bien en una terna y si hiciera falta encerrándome yo solo con seis astados. La idea le pareció de perlas, aunque luego añadió, "Esto no te liberará de tus responsabilidades políticas". Cerré el trato diciéndole, "Al toro por las astas y al hombre por la palabra" frase que sin duda le agradó.

La corrida resultó mediocre. Hubo que traer los toros desde Tafalla, primero en camioneta y desde Pamplona andando por monte ya que la carretera estaba controlada por los requetés. El ganado se caía en el último tercio de la lidia, bien como consecuencia de la larga caminata o por una alimentación deficiente. Yo salí airoso del trance. Arriesgué durante toda la corrida, con faenas largas, algún desplante y entrando a matar por derecho. El otro espada, un tal Berruezo, de Durango, hizo lo que pudo, que era bien poco. De público, un tercio del aforo. Está claro que la gente tenía otras preocupaciones.

Nada más terminar la corrida me llevaron de nuevo a la cárcel, en una camioneta descubierta. Recibí muchas felicitaciones tanto de los guardianes como de otros reclusos. A partir de entonces la situación cambió, pero no a consecuencia de mi actuación sino porque las brigadas navarras iban avanzando hacia Irun para cerrar la frontera.

El 13 entraron los requetés en San Sebastián. Aquella tarde ya no quedaba nadie en la cárcel. Dejaron las puertas abiertas y salimos todos, chorizos, criminales y políticos mezclados. Me acerqué al Ayuntamiento para saludar. Allí me reconocieron y fui aplaudido. Llevé una foto de Molinero para que le rastrearan e hice un informe. Molinero tuvo menos suerte que yo con el escondrijo. Fue detenido a la mañana siguiente y a la hora le fusilaron en el Puente de Hierro.

Aquella corrida del 27 fue la única del verano.

TO LORD HALIFAX

Sir Maurice Drummond Peterson K.C.M.G.
His Majesty's Ambassador Extraordinary and
Plenipotentiary at Madrid.

To Lord Halifax, Edward Frederick Lindley Wood,
Hon.
Foreign Secretary
The Foreign Office
LONDON

San Sebastian, Spain,
13th of August, 1939

Dear Edward,

I am writing to you from San Sebastian, a city that I think you became acquainted with during your stay in Biarritz several years ago. After the end of the civil war that has plagued Spain for almost three years, San Sebastian has once again regained its status as the State's summer capital. Caudillo Franco and most of his ministers and diplomatic corps, can be found here.

Six months ago I swore in my position as Ambassador to His Majesty, in Madrid. The very next day the Nationalist troops made their way into Barcelona. During this time, my main job has been to defend the interests of Great Britain and I have tried my best to mitigate harassment from Germany towards the fledgling Spanish state that emerged after the war. I do not hide the difficulty of this task. As you are of course aware, Germany decisively helped the Nationalist side, while our country maintained strict neutrality. My difficulties have increased following the recent substitution of General Jordana in the Spanish Foreign Affairs Ministry. Criticized for being a monarchical Anglophile, he has been replaced by Colonel Juan Beigbeder, a staunch supporter of the Axis alliance.

Compared to the economic misery in which Spain finds itself, San Sebastian provides a stark contrast. The streets and beaches are crowded with affluent people and luxury cars and jewelry can be seen everywhere. This situation sits uncomfortably with the terror that is unleashed at night in the city when police and uncontrolled bands empty the prisons and take the law into their own hands. In my capacity as ambassador I have received numerous reports of this type of action against the vanquished side in the war. Most of these reports I have passed on to the authorities; including the mayor, Mister Pagoaga, who denies any such behavior; or the Civil Governor who points out to me the need to act tough to ensure peace, and who also believes in the legitimacy of violence practiced by the winning side. This situation has existed since the entrance of Franco's troops in San Sebastian three years ago.

My sources for these events are people from all walks of life, including the liberal-monarchist group "Círculo Mercantil e Industrial", presided over by a good friend of mine, Don Manuel Rezola. Even knowing this mail to be diplomatically confidential, I will not give more names to avoid risks to their safety, but I assure you that their testimonies deserve my full confidence. Of particular concern is what happened on Friday night when a group of "Falangists" took five inmates from the prison, located next to the beach, to the outskirts of the city and shot them without trial. Similar types of events, not always of such extreme gravity, are repeated frequently. The victims are normally people who are suspected of collaboration with the Republic, but more often than not are selected merely as a result of personal vendettas.

I usually remind my interlocutors of the role played by Britain and its allies after the Armistice that ended the Great War was signed twenty years ago. Although the aggression of the Imperial Powers caused thirty million dead, there were no personal reprisals and only a dozen war criminals were later tried under strict legal conditions. What a difference from what is happening now in Spain!

My mediation stance is not easy. The Spanish authorities hold an old resentment toward Great Britain, a country that they hold responsible for the limited role that Spain has had on the international stage. Neither do they forgive London for her role during the Civil War. For many here, the only possible future now is one that looks towards Germany.

My dear friend, could you please inform our superior, the Honourable Mr Geoffrey Lloyd, of the above situation, although I suspect he will know all about it —the terror, as far as I know, has been implemented throughout the Spanish territory.

Yours with respect and affection,

Sir Maurice Drummond Peterson KCMG
His Majesty's Ambassador Extraordinary and
Plenipotentiary
at Madrid.

To Lord Halifax, Hon. Edward Frederick Lindley Wood
Foreign Secretary
The Foreign Office
LONDON

San Sebastián, España
13 de agosto de 1939

Dear Edward,

Le escribo desde San Sebastián, ciudad que creo conoce durante una estancia suya en Biarriz hace varios años. Recién terminada la guerra civil que ha asolado España durante casi tres años, San Sebastián ha recuperado su condición de capital veraniega del Estado y aquí se encuentra el Caudillo Franco, la mayoría de sus ministros y el cuerpo diplomático en pleno.

Seis meses hace que juré mi cargo como embajador de Su Majestad, en Madrid, justo al día siguiente en que las tropas nacionalistas hacían su entrada en Barcelona. En este tiempo, como es lógico, mi labor principal ha sido la de defender los intereses de Gran Bretaña frente al acoso que Alemania hace ante el nuevo Estado español surgido tras la guerra. No le oculto la dificultad de esta labor porque Alemania ayudó de forma decisiva al bando nacionalista mientras que nuestro país se mantuvo en una estricta neutralidad. Dificultad que se acrecienta tras la reciente sustitución en el Ministerio de Asuntos Exteriores español del general Jordana, criticado por ser monárquico anglófilo, por el coronel Juan Beigbeder partidario acérrimo del Eje.

En la miseria económica en que se halla sumida España, San Sebastián contrasta por sus calles y playas llenas de gente acomodada, vehículos de lujo y joyerías por todas partes. Una situación que choca con el terror que se desata por las noches en la ciudad cuando la policía y bandas de incontrolados saquean las cárceles tomándose la justicia por su mano. En mi condición de embajador he recibido numerosas noticias sobre este tipo de acciones contra los vencidos en la guerra, lo que he trasladado a algunas autoridades, entre ellas el alcalde Pagoaga, quien niega tales conductas, o el gobernador civil quien me señala en cambio la necesidad de actuar con dureza para asegurar la paz y que cree en la legitimidad de la violencia practicado por un estado vencedor. Es esta una situación que se prolonga desde la entrada de las tropas de Franco en San Sebastián, va a hacer ahora tres años.

¿Quienes son los mis informantes de estos sucesos? Son gentes de toda condición, incluido el grupo de monárquicos-liberales del Círculo Mercantil e Industrial que preside un buen amigo mío, don Manuel Rezola. Aún a sabiendas de la confidencialidad de este correo diplomático, no daré más nombres para evitarles riesgos, pero le aseguro que sus testimonios me merecen toda la confianza. Particularmente grave es lo sucedido en la noche del pasado viernes cuando un grupo de falangistas sacó nuevamente de la cárcel, situada junto a la playa, a cinco internos que fueron fusilados de inmediato, sin ningún tipo de juicio, en los alrededores de la ciudad. Este tipo de hechos, quizás no de esta gravedad extrema, se repiten frecuentemente siendo las víctimas personas simplemente sospechosas de colaboración con la República y muchas veces resultado de venganzas personales.

Suelo recordar a mis interlocutores el papel jugado por Gran Bretaña y sus aliados tras el Armisticio firmado hace ahora veinte años y que puso fin a la Gran Guerra. A pesar de que la agresión de los Imperios centrales causó treinta millones de muertos, no hubo represalias personales y solo una docena de criminales de guerra fueron juzgados bajo estrictas normas jurídicas. ¡Qué diferencia con lo que ahora está ocurriendo en España!

Mi postura de mediación no es fácil. Existe entre las autoridades españolas un viejo resentimiento hacia la Gran Bretaña, país al que responsabilizan del escaso protagonismo que España ha tenido en el concierto internacional, sin perdonar a Londres el papel jugado en la última contienda civil. Para muchos, el único futuro posible es el que marca Alemania.

Mi querido amigo: le ruego informe de esta situación a nuestro superior, el honorable señor Geoffrey Lloyd, aunque supongo la conocerá pues el terror, según me consta, se ha implantado por todo el territorio español.

Le saluda con todo respeto y afecto

Sir Maurice Drummond Peterson K.C.M.G.
His Majesty's Ambassador Extraordinary and
Plenipotentiary
at Madrid

PROMOCIÓN

Resultó francamente bien el viaje a Azerbaiyán. Formamos el grupo siete empresarios, el personal de la Cámara y una traductora. Tras la visita a la refinería, proyectamos imágenes de nuestra ciudad teniendo siempre a la Bahía como eje. Al atardecer nos agasajaron con una sucesión inacabable de platos, entre otros berenjenas rellenas de esturión, pavo en salsa picante y una oferta de dulces rezumando miel. Sirvió las jarras de cerveza una espectacular rubia que suscitó nuestro aplauso. Al día siguiente, visita a la ciudad, bailes regionales y la cena que ofrecimos en una carpa a las autoridades. Juan Antonio, el de Errota, había preparado unos deliciosos bisaltos a la casera y magras de jamón con tomate. Para beber, Villa Real reserva. El alcalde de Shuraabad nos felicitó calurosamente y dijo que le había gustado más nuestra comida que la del día anterior, ofrecida por el prefecto. A Uzeyir no pareció sentarle bien esta afirmación pues en la despedida nos dijo que el alcalde iba a ser cesado por cohecho, cosa que la traductora Helene desmintió rotundamente.

LAS TORRES

Esta vez no he podido evitarlo. Justo entrar al portal de la torre, le veo al fondo, esperando al ascensor. Pensé por un momento en volver a la calle. Así lo he hecho en alguna ocasión, fingiendo un olvido para dar la vuelta al edificio y demorarme un rato. Pero ahora ya es tarde. Eusebio me está mirando, así que avanzo a paso lento.

Vivimos en una torre de diecisiete alturas, una más del grupo de torres que el Instituto Nacional de la Vivienda construyó hace medio siglo. Acudió a inaugurarlo el Generalísimo, que se encontraba de vacaciones por aquí. Han aguantado bien el paso de los años, sin deficiencias notables, salvo los ascensores. En el edificio hay dos y son de una lentitud abrumadora. Los he cronometrado a menudo y tardan un minuto y cincuenta y siete segundos hasta la planta dieciséis, que es donde yo vivo. Y ocho segundos más hasta la diecisiete, la última, donde vive Eusebio. El mismo tiempo para bajar.

Avanzo por el portal, a paso lento, confiando llegue algún vecino para compartir viaje. No será difícil, porque somos muchos en la torre. Multiplicando el número de plantas por los seis pisos que hay en cada y luego por el número de miembros que según Eustat tiene cada familia, nos sale una cifra muy alta. Incluso sospecho que hay más gente, porque en el cuarto piso funcionan dos Centros de acogida de jóvenes, aunque es cierto que estos utilizan casi siempre la escalera. Pero nadie llega al ascensor, a pesar de que son las 11.30 de la mañana, hora en general de bastante movimiento por el barrio.

El ascensor está ya abajo. Me acerco. Dejo pasar a Eusebio, delante mío. Tocamos nuestros respectivos timbres y ya en movimiento me dice:

—Vaya tiempo, ¿eh?

Me sorprende la frase, porque tendría sentido en caso de lluvia o viento fuerte, pero no hoy, sin frío ni calor y con bastante polución en la atmósfera. Sin embargo le digo que sí, moviendo la cabeza.

Mis diferencias con Eusebio vienen de largo y en general se han expresado en las reuniones de la comunidad de vecinos. Las celebramos en los bajos de la parroquia, y él aprovecha la audiencia para, entre comillas, darse a conocer. A principios de año volvió a recordar el arreglo de la terraza superior, pues tiene en el piso numerosas filtraciones y yo alegué la necesidad de aparcar el tema en tanto no remontara la actual crisis económica y social. Suelo comentar (no en público, pero sí a cualquier vecino) la falta de civismo de Eusebio y familia, que acostumbran a tender la ropa en la fachada, a criar algunas aves en el balcón, así como el uso indebido de la terraza superior por parte de Carolina, la esposa, que suele tomar el sol en bragas, durante la primavera.

El letrero luminoso señala que estamos ya en el séptimo piso. Llevaremos por el minuto de marcha. Ambos hemos fijado la vista en el techo del ascensor y permanecemos en silencio, visiblemente nerviosos. Para entonarme empiezo a tararear una ranchera.

Cuando alcanzamos la planta quince, Eusebio me mira a la cara y suelta:

—Sube si quieres a mi piso. Carolina está dentro.

No oculto mi sorpresa. Tengo pocos segundos para decidir. Casi inconscientemente, me oigo decir: "De acuerdo, te acompaño".

Al llegar a su puerta no saca las llaves sino que larga dos timbrazos. Aparece Carolina, quien no muestra sorpresa alguna al verme. Carolina está mejor ahora que cuando la vi tomando el sol en la terraza, hace unas semanas. Tenía entonces los pechos flácidos y ahora aparecen turgentes bajo el jersey ceñido. Milagros de la lencería (pienso). Sentaros —nos dice Carolina—, yo sigo a lo mío.

Lo suyo es una gallina de las varias que tienen en el balcón y que oímos cacarear por las mañanas. Carolina acaba de decapitarla, pues el cuerpo aun se mueve en estertores y hay manchas de sangre en su bata y en el suelo. Pienso por un instante que todo esto es un show preparado para amedrentarme, aunque enseguida recapacito que el encuentro en el portal con Eusebio no pudo estar previsto, ni tampoco hacer coincidir el momento de la muerte del ave con mi llegada.

—Me gusta hacerlo personalmente. Saben mejor —nos dice Carolina mientras introduce la gallina sacrificada en el agua hirviendo para facilitar el desplume.

La decoración del piso evidencia lo que ya sabíamos todos: que Eusebio es cristiano evangelista. En la pared cuelgan grabados de Jesús predicando, o en oración, y la repisa exhibe dos reproducciones en falso marfil, una del Arca de Noé y otra de la Torre de Babel. Le digo señalando a ésta última:

—Dicen que en Babel se hablaba mucho euskera.

Y Eusebio me responde apuntando con el dedo hacia un libro:

—En la Biblia se esconde toda la sabiduría del mundo.

Salimos al balcón y desde allí me explica la evolución del puerto cercano y la decadencia de la pesca, temas que yo conozco mejor, porque su padre llegó de Negreira hace 57 años, mientras que todos mis ancestros, hasta donde me llega la documentación, son de por aquí. Pero le escucho sin añadir palabra.

Me invitan a comer, pero les digo que hoy viene a casa Nagore con las dos niñas (viene en realidad mañana) y tengo que preparar el marmitako.

WEISS UND BLAU

Agosto, 1913

El sol de media tarde deslumbraba la bahía en la marea baja de agosto. Friedrich Schultz, cónsul general, terminó su cigarro y lo aplastó contra el muro antes de arrojarlo por la ladera. A poca distancia un grupo de soldados jugaba a las cartas entre los cañones de la Batería. Aquel monte era una fortaleza, ahora absurda en una ciudad invadida por visitantes que comían en restaurantes carísimos y compraban en joyerías de un lujo que él solo había visto en París.

Cuando recibió la orden, Herr Schultz se informó de la historia de la ciudad, envuelta siempre en luchas interminables y cuya culminación sería la ocupación, hace justo un siglo, por las tropas de Francia, seguida de su incendio y destrucción por los asaltantes británicos. Tiempo aquel en el que los príncipes alemanes estaban enzarzados en luchas internas que retrasaron la creación del Imperio.

A las siete en punto vio subir por el camino al hombre que esperaba. Le saludó con la frase en clave, *Ich fliege in weiss und blau*, que tradujo inútilmente "vuelo en blanco y azul" pues siguieron hablando en el alemán que sobre todo conocían. Explicó el recién llegado la admiración creciente de esta ciudad y del país —cito varios nombres muy conocidos— ante el desarrollo cultural y económico del Imperio alemán. San Sebastián era residencia de la corte durante el verano y por ello el lugar idóneo para actuar de cara al inevitable conflicto. El plan venía detallado en el sobre que ahora le entregaba. Herr Schultz lo leyó someramente y lo metió en el bolsillo. A su vez le alargó un abultado sobre que el desconocido recibió con una sonrisa.

Otra vez solo en la Batería, el cónsul se afloja el cuello de celuloide y el chaleco. Contemplando la recta avenida central de la ciudad sueña que un día próximo desfilará por ella, a paso marcial, un batallón con cascos puntiagudos y brillantes correajes en homenaje agradecido al país que les ayudó en la victoria.

EL ARCA

Desde un promontorio rocoso Noé contempla la enorme embarcación (300 codos de longitud y 50 de ancho) alrededor de la cual aun se afana un ejército de trabajadores ultimando detalles: el calafateo del casco, las rampas de acceso, las tres cubiertas. Para construirla, abatieron en pocas semanas los bosques de cipreses que cubrían la sierra y en su espacio crearon recintos donde pastan ahora animales de toda clase. El mandato recibido de Yahvé no tenía fisuras: "Los hombres se están multiplicando sobre la faz de la Tierra y la violencia y la maldad crecen en ella, por lo que he decidido destruir esta generación". También expresaba la forma de hacerlo: "Haré llover sobre la Tierra cuarenta días y cuarenta noches y exterminaré sobre su faz a todos los seres que hice. Entonces fueron rotas todas las fuentes del gran abismo y se abrieron las cataratas del cielo".

Las buenas relaciones de Noé y sobre todo su gran poder económico, hicieron factible la construcción del inmenso arca en bien poco tiempo. Miles de hombres y mujeres venidos de reinos cercanos habían trabajado sin descanso porque el plazo dado era muy corto. Y otra legión de humanos seleccionaron al mismo tiempo las especies animales que habían de salvar: todas las existentes y solo una pareja —macho y hembra— de cada una. Los trabajadores ignoraban que también ellos iban a morir en el gran diluvio exterminador.

A popa, en la cubierta número tres, Noé había ordenado habilitar un camarote donde descansaría durante la gran espera junto a su esposa Naamá y sus tres hijos Sem, Cam y Jafet. Tuvieron estos la misión de organizar la recogida de animales de toda especie para perpetuar su vida sin necesidad de una nueva Creación. Y allí estaban congregados, pastando o devorando otras especies, en los enormes recintos que rodeaban el arca. Pero Cam falló en su cometido específico, que era la selección de especies extrañas, habitantes en parajes alejados y de cuya existencia sabían por relatos y dibujos de comerciantes llegados desde Oriente y desde la tierra de las tribus negras. Cam era hombre de buena fe, pero muy proclive a la promiscuidad con mujeres de cualquier perfil. Le atraían todas y a ellas dedicaba ardorosamente su tiempo, hurtándolo de menesteres más trascendentes como eran, en este caso, la captación de especies animales para evitar su extinción.

Terminada el arca, comenzaron a introducir los animales, operación dirigida personalmente por Noé. El mandato divino era claro "Dos por cada especie, macho y hembra", lo que supuso la puesta en libertad de manadas ingentes que, de todos modos, no hubieran tenido cabida en el recinto.

Justo en el solsticio de verano, la amenaza de Yahvée empezó a cumplirse. El firmamento, que había permanecido transparente durante la mañana, se cerró por la tarde en un horizonte de negrura estremecedora. Comenzó a llover con un espesor inimaginable, en torrenteras enormes que ya en los primeros días anegaron el valle trepando luego las aguas por la ladera hasta llegar al arca. Todo ello, siguiendo la profecía de que "Entonces serán rotas todas las fuentes del gran abismo y abiertas las cataratas del cielo".

En el arca, Noé, Sam y Jafet, con sus respectivas esposas, trabajaban lo indecible para mantener alimentadas a las bestias de toda especie que llenaban las bodegas. Cam no se había presentado el día del embarque, probablemente enredado con alguna de sus muchas amantes. Nada dicen al respecto los textos sacros y seguramente moriría ahogado como tantos y tantos de sus congéneres. Aunque si hubiera aparecido, Noé le habría vetado la entrada al arca dada su incompetencia a la hora de captar especies exóticas, tal como era su compromiso.

Noé marcaba a cuchillo en la amura el transcurrir de los días. Precisamente a los cuarenta, y tal como estaba profetizado, dejó de llover. En el cielo se dibujó un enorme Arco iris. Pero tenía que desaguar el inmenso pantano en que se había convertido la Tierra y en ello transcurrieron otras doce jornadas. Soltó entonces una paloma, y ésta regresó al arca al no encontrar un espacio firme donde anidar. Repitió el proceso cinco jornadas más tarde, con el mismo resultado. Finalmente, una noche de luna plena el ave no volvió.

Difícil explicar el gozo con el que saltaron a tierra tantas y tantas especies animales, recluidas largo tiempo en la oscuridad y mugre de las bodegas. En pocos minutos se esparcieron por el horizonte llevadas de su infalible instinto. Hubo otras especies que no estaban en el arca y se perdieron para siempre, como el león de las cavernas, el smilodon, el thylacine, los mamuts, el elasmoterio o el rinoceronte lanudo. De su existencia sabemos por las pinturas rupestres y los restos encontrados bajo tierra en los últimos años.

MOZAMBIQUE

Dos carriles angostos trazados entre palmares conducen a la cancha de fútbol. A esta hora, cientos de aficionados se desplazan para animar al Estrela Vermelha en su encuentro con el Ferroviario de Nacala. La mayoría viste con camisetas de clubs europeos: el City, el United, el Barça, el Sevilla F. C… Ya en el campo, resuenan los parches con tonadas variadas y una agrupación multicolor de niños y niñas las bailan agitadamente sobre el césped artificial. A las cinco menos diez saltan a calentar los dos equipos. Es entonces cuando los aficionados de la tribuna Norte despliegan una enorme pancarta donde se lee "Liberdade para Jose Maria del Nido. Tudo com você" y "Freedom for Jose María del Nido. All with you". El estadio aplaude calurosamente.

CEREMONIA NUPCIAL

La estancia de Ranny en nuestra casa constituyó una experiencia vital importante. Ella tenía veintiún años y la habíamos conocido en Ulan Bator a través de una ONG cuyo objetivo era el apoyo a los necesitados de Mongolia, facilitando ayuda en medicinas, salud y educación. Ranny, en el marco de la tradición mongola, había contraído matrimonio con un comerciante que le triplicaba en edad, alcohólico, del que conseguimos su separación tras el pago de una importante cantidad. Seguramente la salvamos de un infierno en vida. Entonces la invitamos a que viniera al País Vasco.

Ranny pasó con nosotros de junio a octubre disfrutando de experiencias muy gratificantes. No había visto nunca el mar y se pasaba las horas en la playa, aun con lluvia. Se adaptó enseguida a nuestras costumbres y aprendió el castellano con una facilidad prodigiosa. En comparación, recordábamos a un entrenador galés, de apellido Thornton, que tras una década entre nosotros solo conseguía hacerse entender, con jugadores y periodistas, en inglés. Yo llevaba entonces las páginas deportivas del Diario y sé muy bien de que hablo.

Ranny era muy cariñosa, siempre besándonos a Susana y a mí, y a nuestros hijos cuando nos visitaban, tan distinta a la tradición del lamaismo budista que ella profesaba, que evita el contacto físico entre personas limitando los saludos a reverencias de cortesía. Al mes, Ranny nos sorprendió diciendo que se ponía a trabajar en un conocido bar restaurante del Centro. Dos razones le movían a ello. Por un lado, la relación con los clientes era el mejor método para mejorar su castellano. Además obtendría unos ingresos, una parte de los cuales nos entregaría como abono de su estancia en nuestro domicilio. Nos negamos rotundamente. El dinero ahorrado, que lo enviara a su familia, que buena necesidad tendría de él. La visitamos frecuentemente en el Mesón Idiakez, donde se había hecho querer por clientes y por la propiedad. Cada vez se expresaba más fluida e incluso decía algunas palabras en euskera.

En su regreso a Katmandú, Susana y yo le acompañamos a Loiu y debo confesar que se nos saltaron las lágrimas cuando en el último abrazo nos dijo que nos quería mucho, mucho, y que jamás nos olvidaría. Su marcha dejó un vacío importante en mi vida. Yo había pasado recientemente en el periódico de la sección de Deportes a Internacional. Me quedaban apenas cinco meses para la jubilación anticipada y me agradó el cambio, porque aunque soy apasionado del fútbol me preocupa más cuanto sucede en el mundo en los aspectos político, económico y social. Nos cruzábamos continuos mensajes con Ranny. Un día nos informó que había iniciado una nueva relación amorosa con un joven ingeniero de distinguida estirpe del país. Sucesivamente describía las muchas cualidades de Norovyn: su laboriosidad en la oficina del Ministerio de Transportes, el cariño que a ella le profesaba su familia política y, sobre todo, el amor de él, siempre atento a satisfacer sus mínimos caprichos. Nos enviaba fotos donde veíamos a un joven apuesto abrazado a Ranny, o jugando al tenis, o al volante de un Range Rover. A nosotros, a Susana y a mi, nos correspondía una parte importante de aquella felicidad pues habíamos conseguido anular su primer matrimonio con el comerciante alcoholizado.

Una mañana Ranny nos comunicó la gran noticia: había contraído matrimonio con Norovyn en el curso de una ceremonia a la que asistió, entre otras personalidades, el presidente del parlamento Z. Enkbold. Daba todo tipo de detalles y los acompañaba de abundante material gráfico que mostraba el esplendor de la boda: la decoración suntuosa del templo, los exóticos trajes e instrumentos de música, los miles de candelas encendidas, la multitud saludando a la salida. Fue entonces cuando me vino la idea. Se trataba de recoger en las páginas de Internacional de mi periódico este acontecimiento, pero no en unas escuetas líneas sino a grandes titulares. Le dediqué dos páginas del primer sábado de marzo, con amplias fotos y elogios encendidos a Ranny y a la cultura mahayana a la que ella pertenecía. La guerra en Siria, un atentado de Boko Haram en el nordeste de Nigeria, incluso la preparación de las presidenciales en Francia, quedaron resumidas en unas breves notas a pie de página.

Hubo reacciones diversas a mi actitud. Fui con el periódico al Mesón Idiakez, donde Rannia había trabajado dos meses, y recibí encendidos elogios de la clientela habitual. El director del periódico me llamó para preguntar la razón de aquel despliegue informativo para un suceso intrascendente por muchos motivos, sobre todo por su lejanía. Intenté explicar mis razones, pero creo que con poco éxito. A la semana me devolvieron a la sección de Deportes, donde pasé los tres últimos meses previos a mi jubilación.

DIARIO DEL CANCILLER

13 octubre 2000

Esta mañana, inolvidable encuentro con el escultor Chillida. Llego a las obras de la nueva Cancillería donde me esperan Chillida y Rolf Beckar. Entre el estruendo de las máquinas desvelamos su última obra, *Berlín*, dos vigas de hierro que como brazos buscan entrelazarse por lo alto. Me impacta la enorme fuerza de esta obra colosal. Afirma Eduardo que es el símbolo de la nueva Alemania unificada y con sus manos largas dibuja en el aire la mole de 90 toneladas y lo explica de forma tan clara que casi no necesito a la señora Baumann para entenderle. Me dice: "Señor Schroeder, tenía la convicción desde muy joven de que los alemanes forjarían una Alemania unida", y añade que ha aprendido mucho de nuestra filosofía a través de Heidegger y que ama nuestra música especialmente a Bach. Entonces Rolf Beckar le ha definido como el dominador de los horizontes y el buscador de la perfección inalcanzable y nos explica su proyecto de Timanfaya. Dice Chillida que "lo que sé hacer es seguro que ya lo he hecho y de ahí que tengo que hacer siempre lo que no sé hacer", pero esto no puede ser cierto en el caso de *Berlín* porque ningún símbolo puede recoger mejor la reconciliación de las dos Alemanias que este abrazo férreo e inmortal. Rolf señala luego el esfuerzo del creador para conseguir vaciar la montaña canaria de toda su gravidez y transformarla en un vacío espacial y Chillida contesta que esta será sin duda su última gran obra.

Me esperaba la sesión de investidura del juez Riemann y no he podido acompañarles por las obras de la nueva Cancillería. Al despedirme, prometo visitar algún día ese museo que Chillida acaba de crear entre las colinas del País Vasco.

MONTEVIDEO, 1886

Es el tercer toro de la tarde. La plaza revienta de público pues a los aficionados locales se suman los argentinos que cruzaron el estuario. Asiste el presidente Batlle, sentado en primera fila y a quien le ha sido difícil soportar el chorro de sangre que sale del toro cuando le hieren desde el caballo. Le aconsejó su ministro Carranza la importancia de mezclarse con el pueblo de cara a las próximas elecciones donde los Colorados tenían que repetir triunfo. Y sobre la crueldad de la fiesta, le dijo que en los mataderos del país se sacrifican por el millón de reses al año sin que nadie proteste. Por eso está aquí, saludando afectuoso al público a pesar de los mareos. Sus padres le hablaron de fiestas de toros en su Sitges natal que, seguro, poco tendrían que ver con este espectáculo.

Piensa que en una hora, cumplido su deber, saldrá de la plaza entre vítores. En ese preciso momento el toro arranca contra el diestro ignorando la muleta y le cornea en la ingle. Arjona cae junto al burladero donde de nuevo es enganchado entre el clamor del público. El Presidente cierra los ojos y no los abre hasta que introducen al diestro en la enfermería. Poco después el edecán le informa de que el asta rompió la femoral y no hay salvación posible.

Ya en el coche tiene tomada la decisión: nunca más corridas en la República Oriental, los toros solo interesan a una minoría. Y en cuanto a Carranza, mejor pasarlo a Comercio porque no puede cesarle siendo el mecenas del Partido.

DAVID Y GOLIAT

En el territorio de Canaán, objeto de aquella disputa, no cabe duda de que los filisteos ocupaban los lugares privilegiados: las suaves colinas que controlaban el valle, con abundantes plantaciones de vid y olivo, y el mar a las espaldas como último recurso de huida. Por el contrario, los soldados de Israel extendían sus tiendas por la árida llanura circundante productora de escasas cantidades de cereal. Particularmente difícil había sido la última cosecha. La orden de Samuel a David había sido terminante: "Lleva granos y pan a tus hermanos y averigua cómo les va".

Cuando David llegó al campamento se sorprendió del orden reinante, a pesar de la hambruna. Llevaban ya tres lunas sin batalla con los filisteos y la preocupación del comandante Jesé era mantener alta la moral de la tropa. Por los textos sagrados y la historia sabemos que las tribus de Canaán manifestaban una gran afición por los juegos de azar, que en aquella larga tregua se habían extendido sin control: partidas de naipes y particularmente las luchas de animales, perros salvajes, macaco contra macaco, el gallo a sangre contra el gallo. Jesé había intentado extender entre su tropa las carreras a corta y larga distancia, así como el lanzamiento de piedras y garrochas, con el propósito de mantener en buena forma física a sus hombres. Aunque con poco éxito, porque ellos preferían otros juegos menos fatigosos donde arriesgar las escasas monedas de que disponían. En todo este tinglado, los que realmente se beneficiaban eran tres individuos de la tribu de Sidón, que montaban los espectáculos y controlaban las apuestas.

Un anochecer, enarbolando el banderín de tregua, el filisteo Goliat bajó de las colinas. Era un individuo de altura extraordinaria y fuerte complexión. Una y otra vez lanzó a gritos el desafío que textualmente recoge la Biblia: "Escojan a alguien para que pelee conmigo. Si él gana y me mata seremos esclavos suyos, pero si yo gano seréis nuestros siervos".

El desafío tenía un difícil recorrido, no solo por la fortaleza descomunal de Goliat sino también porque venía provisto de una armadura de hierro, metal ya utilizado por los fenicios y cuya fabricación mantenían en absoluto secreto hacia los pueblos vecinos. Pero David, sabiéndose ungido por la divinidad, inquirió: "¿Qué se le dará al que mate a ese filisteo?" siendo contestado: "Saúl le dará muchas riquezas y a su propia hija como esposa". David era de reducida estatura y complexión frágil, pero aceptó el desafío, señalando: "Yo maté al oso y al león que se llevaron las ovejas de mi padre. Jehová me prestará además su ayuda". Contestó Goliat: "Ven a mi y daré tu carne a las aves del cielo y a las bestias del campo".

Como de costumbre, los tres ciudadanos de Sidón se ocuparon de fijar la fecha y el lugar del desafío así como de cruzar las apuestas entre los combatientes filisteos y los israelitas. El comandante Jesé dio a David un único consejo: evitar a toda costa el cuerpo a cuerpo.

David, que era práctico en el manejo de la honda, recogió cinco piedras planas del cauce seco del riachuelo.

Se decretó una tregua para presenciar el espectáculo. Los soldados de ambos bandos rodearon a la pareja ya preparada para la lucha. Nada podía ser más desigual: Goliat, con escudo y lanza, defendido por una armadura metálica; frente a él, David, de estatura reducida, meramente cubierto por un faldón de piel de oveja. Pero, al primer movimiento, David disparó su honda alcanzando en la frente al gigante, que se desplomó sobre el césped. Para mayor seguridad le cortó la cabeza con su propia espada.

Relata la Biblia que los filisteos huyeron en desbandada. Sin embargo, el historiador alemán Herman Altmaier (1853-1929), en su prestigioso *David und Goliath, Geschichte eines Kamfes* da cuenta de que una gran parte de ellos desertaron, sumándose al enemigo, siendo decisivos en la expansión de la cultura hebrea por todo el Oriente próximo.

ALICE IN WONDERLAND

Desde el portal de la academia sale el compacto grupo, que atraviesa la calle hacia el puente. Llevan voluminosas mochilas a la espalda. Matías y Leire se sitúan en cabeza, marcando el ritmo. Decidieron que hoy, mejor salir al aire libre que pasar la tarde analizándose en esa sala oscura con únicas vistas al patio. Hay que aprovechar este día soleado, después de tanta lluvia.

El grupo Brain Fog lo forman quince mujeres y hombres. Se desplazan fluidos dejando hueco para las personas que les vienen de frente. Ya cerca de Sagüés, con menos transeúntes, pueden iniciar sus diálogos de recuperación. Comienzan a trepar por el sendero que recorre el litoral.

—Me dijeron que tu fuiste la primer mujer en la brigada municipal de bomberos.

—Hace once años. Me aburría la enseñanza y lo dejé. No soporto a los críos.

—¿No le importó a tu familia?

—Al menos no dijeron nada. En el Cuerpo también me respetaron. Ten en cuenta que corrí los 1.500 metros por debajo de seis minutos.

Ahora el grupo marcha en fila india, obligado por la estrechez del camino. Los diálogos son de adelante hacia atrás, y a la inversa. Rubén lleva una sudadera negra con la frase 'I don't need Google. My wife knows everything'. Leire, su mujer, sigue a la cabeza del grupo.

—Yo me he interesado por la Egiptología. Perdona que te lo suelte aquí, pero la primera mención de Egipto en la Biblia es con el nombre de Nizraim. El filólogo D. I. Taylor es de la opinión que el alfabeto egipcio es el más antiguo del que tenemos noticia.

Situado por la mitad del grupo, Daniel no puede contenerse. Lo cuenta, mirando a Esther.

—Yo soy íntimo del Diputado General. La de veces que me habrá llamado para tomar algo juntos. Se me hace difícil decirle que no.

Le contesta Victoria:

—A mi me adoran los niños y niñas, en general. Cuando dejan la ikastola me recuerdan durante años. Acostumbro a abrirles la mente con temas nuevos y ellos me lo agradecen.

El mar luce intenso, sin una ola que altere la superficie. No se divisa ninguna embarcación. Señala Rubén:

—Hace un siglo estas aguas estaban colmadas de chalupas boniteras, de quechemarines, lugres y pataches. Ahora, salvo los chinos, nadie mueve mercancías por el mar.

Anna va impecablemente vestida para trekking: North face evolve, Patagonia Better sweater, un camp buffet al hombro y botas Salomon ultra. El resto del grupo utiliza bermudas, sudaderas y térmicos outlet.

—¿De qué te disfrazarás para la fiesta de boda? —Lore mira con ojos lánguidos a Andrés.

—Estoy en ello, luego te lo cuento.

De frente, bajando la montaña, se aproxima otra banda de jóvenes, similar a ellos en número.

—Son los de Nueva Era —informa Rubén— Se nota que pertenecen a la clase media-alta, mírales el pelo, sin sobrepeso corporal y vestidos de marca.

Telmo arremete:

—No quieren mezclarse. Se reproducen entre ellos.

Cruzan los de Nueva Era con su tono de arrogancia en el andar. Para dejarles vía libre, los de Brain Fog deben orillarse

Telmo sigue:

—Para heráldicas, las nuestras. Mi abuelo materno fue alcalde de Erandio, durante la República. Y otro, pelotari de cesta punta, durante años, en Miami.

Hora y media después de la salida, el grupo llega a la campa prevista. Se encuentra totalmente anegada por las lluvias y deben ocupar un espacio plano y rocoso que domina el paisaje.

—Quien iba a decir que Areatza pudiera estar tan mojado.

—Esto no es nada. Para inundaciones, las de París en 1910.

De las mochilas y bolsos extraen la comida, en crudo o preparada, y la extienden sobre la parrilla a gas o la introducen en las cazuelas donde el agua comienza a hervir. Otros alimentos y los cubiertos son colocados sobre dos mesas plegables. Sorprende la cantidad de botellas de sidra y rosado aportadas.

Sugiere Silvia:

—Venga, vamos a bailar un rato antes de comer.

El grupo se enlaza por las manos y comienza a rotar al son de *Out of order*, que suena desde el reproductor digital.

—Más rápido, más rápido.

Giran ya vertiginosamente y es entonces la catástrofe. Se pierde el equilibrio y caen sobre los manteles y sobre la pila de alimentos. Vuelan los pucheros y la parrilla repleta de sardinas. Comienzan los reproches.

—Lo hiciste tú.

—No, yo no lo hice

—Sí, tú lo hiciste, tú eres responsable.

—No, ella no lo hizo.

Interviene Rubén —Os dije que era mejor traer bocadillos y sándwiches vegetales.

Apuradamente recuperan los alimentos no manchados y los comen en silencio. Recogen luego restos y utensilios mientras acompañan el *Walking ahead*, de Rod Steward.

Comienza el regreso. Brilla aún el sol en el horizonte, pero una nube negra cubre la mitad del cielo.

CAPITANA

Desde el puente del buque, Beatriz observa la desolada costa que cierra el horizonte. Acaba de compartir mesa con la tripulación, donde son mayoría los filipinos. El *Majestic Marsk* es el mayor barco del mundo, tal como acredita la Lloyds, y en su cubierta se alinean catorce mil contenedores estandarizados. Beatriz recuerda ahora sus brillantes estudios de Náutica en Cádiz, su primera experiencia de oficial en el *Lezhevo,* de Hamburgo y luego en otros cuatro buques con bandera de conveniencia. Le llama ahora el capitán y se apresura por la cubierta hacia su despacho. Tiene con él la mejor relación, forjada en años de convivencia en la mar. Con el oficial tercero Martens es otra cosa, porque no aguanta que una mujer le de órdenes. El capitán se retira en noviembre y Beatriz confía en sustituirle. Sabe que la empresa le aprecia y lo demostraron invitándola a la botadura del *Majestic.* En el discurso inaugural el señor Marsk la puso como ejemplo y citó que pasa las vacaciones de verano en Mazarrón. Antes de entrar al despacho Beatriz contempla la costa africana bajo un sol ardiente.

TIGREA ETA ZEZENA

Txofre, 1904ko uztailaren 24an

Ezin esan dezaket kaiola gaizki egina zegoenik. Badira hori zehatz dezaketen teknikariak, eta pentsatzen dut deklaratzera deituko diezuela. Zezenaren azken erasoa ez zen tigrearen aurka izan, burdin barroteen aurka baizik, eta sarrerako panel osoa erori zen. Zesar larriki zaurituta zegoen eta borroka saihesten saiatzen zen, ikuskizun hasieran baino gogotsuago saiatu ere. Pasaiako galdategi batean egin zuten kaiola, eta nik uste errementariek huts egin zutela kalkuluetan, ez baitzuten ezagutzen toreaketa-zezenak izan dezakeen indarra.

Eskerrik asko, instrukzioko epaile jauna, euskaraz deklaratzen utzi didazulako. Zailtasun handiak ditut gaztelaniaz mintzatzeko, gehienbat praktika falta dela eta. Gaztelaniaz gehiago mintzatu nahi nuke baina Uliako baserri inguru horretan bizi naiz eta han nekez aurkitzen da gaztelaniaz mintzatzen denik. Jakin, gehienek dakite, baina ez dute hitz egiteko erraztasunik. Gauza hera gertatzen zait niri eta horregatik estutzen naiz. Ordea, abuztuko korriden garaia iristean, zezen plazako arduradun naizen heinean, Andaluzia eta Extremadurako nagusiekin aritzen naiz eta ongi moldatzen naiz, nire azentuaz lotsatu gabe, haiena are bereziagoa baita. Donostiako jauntxoekin hitz egitean baino hobekiago moldatzen naiz haiekin, nahiz eta gehiago kostatzen zaidan esaten didatena ulertzea.

Bai, instrukzioko epaile jauna, dagokigun gaitik urrundu naiz baina banator atzo plazan gertatutakora. Nik nire modura azalduko dut eta zuk galdetu nahi duzun guztia. Plaza ikuslez beteta zegoen Huron eta Zesar sartu zirenean eta, hasiera batean, Huronek, hori zen zezenaren izena, ez zuen tigrea ikusi eta, tigreak zezena ikusi bazuen ere, ez zion eraso egin nahi izan. Nik uste ezikusiarenak egin zirela, bata bestearen aurka borrokatu behar ez izateko. Horrela bost minutu pasa ziren gutxienez. Lizarazuren langile bat ziztatzen hasi zitzaien kaiola kanpotik, izan ere, borrokarik egon ezean, jendea haserretu egingo zen eta sarreren dirua ere itzuli beharko litzateke. Horrela bada, azkenean Huronek adarkada bat eman zion Zesarri, azken horrek aurpegian harramazka egin zion eta ikusleak irrikaz hasi ziren oihuka. Baina bi animaliak berehala banandu ziren; tigrea zezenaren beldur zela ikus zitekeen eta borroka saihestu nahian zebilen, kosta ala kosta.

Ikusleak sutan ziren eta guztiek batera egiten zuten oihu: lapurrak! Eta Lizarazu, lapurra! Horrela bada, beste bi langile jaitsi ziren akuiluekin eta izkina batean makurtuta zegoen tigrea ziztatzeari ekin zioten. Baina ezer ez. Zesarrek ziztatzen zutenen aurkako haserrea erakutsi eta hesiaren kontra atzaparkadak botatzen zituen, baina ez zuen zezenarekin ezer jakin nahi.

Ez naiz harritzen anirnaliek jarrera hori izana. Anirnaliek goseagatik bakarrik egiten dute borroka, beste animalia jateko, edota emeagatik, baina inoiz ez borroka egiteko gogoa dutelako. Zezenak plazan itxita sentitzen delako egiten du eraso, ihes egitea helburu, baina larrean baketsua da. Gizakiok hiltzen dugu aberastasunengatik edota lurraldeak irabazteko. Anirnaliek inoiz ez.

Zesar ikuskizuna hasi baino astebete lehenago ekarri zuten Txofrera eta 4. zezentokian itxita izan zuten jan eta edan gabe. Lizarazuren esanetan, gosea eta egarriak basatiago bihurtzen zuten zezena. Argi geratu zen ez dela horrela. Goialdea alanbrez itxi genuen salto batez ihes egin ez zezan. Propagandan zuzenean Indiatik zetorrela esan zuten baina niri Lizarazuk aitortu zidan zirko batean erosi zuela. Huron, berriz, Tudelatik ekarri zuten soberako zezen gisa aurreko urteko feriarako, eta negu osoa plazako ukuiluan pasa zuen. Konfiantza hartu genion elkarri. Nik ezkutalekutik laztantzen nuen eta eskutik ematen nion jaten.

Huronek egindako eraso baten ondorioz, hesia eta sarrerako atea erori egin ziren. Atakatik egin zuen ihes eta haren atzetik Zesar, salto handiak emanez, guztiok erdi hilik zegoela pentsatzen bagenuen ere. Itxurakeriatan aritu zen, borroka eginarazi ez geniezaion, horixe baitzen egin nahi zuen azkena.

Hura zen hura zezena eta tigrea kaiolatik kanpo zirela sortu zen iskanbila, biak plazan korrika. Jende guztia garrasika, beldurrak jota. Gero tiroak hasi ziren, mikeleteek botatzen zituztenak eta ikusleen artetik irteten zirenak, ikusle batzuk ere pistolaz egin baitzuten tiro. Berehala jo zuten Zesar. Huronek pixka bat gehiago iraun zuen baina, azkenerako, hura ere erori zen. Zauritu asko izan zen, hogei baino gehiago, hori ziur. Besotan jaitsi zituzten San Antonio Abad ospitaleraino, hemen ondora. Zezen plazako erizaintzan Arozena delako bat zendu zen.

Nik ikusi nuena kontatu dut, zuek esango duzue nor diren errudunak. Gauza bat bakarrik gehitu nahi dut: guztia egin zen gaizki. Gobernu Zibilak, Lizarazuri baimena emateagatik, eta badakigu lotsagabe bat dela; udalak, udan bisitariak edonola ekartzea baino ez duelako buruan; Karrpard galdategiak kaiola gaizki egiteagatik; mikeleteek, inguruan hainbeste jende egonda, tiro egiteagatik. Eta gu guztiok, tigre bat eta zezen bat borrokan ikustera etortzeagatik, eurek nahi zuten gauza bakarra lasai egotea bazen ere.

EL TIGRE Y EL TORO

El Chofre. 24 de julio de 1904

No puedo decir que la jaula estuviera mal hecha. Para eso hay técnicos a los que supongo llamarán también a declarar. La última embestida del toro no fue contra el tigre sino contra los barrotes y todo el panel de la entrada se vino abajo. César estaba muy mal herido y entonces, más incluso que al principio del espectáculo, evitaba la lucha. La jaula se hizo en una fundición de Pasajes y yo creo que los herreros fallaron en sus cálculos porque no conocían la fuerza que puede tener un toro bravo.

Gracias señor juez de instrucción por dejarme declarar en vascuence. Para hablar en castellano tengo bastante dificultad, más que todo por falta de práctica. Me gustaría hablar más castellano pero vivo en los caseríos de Ulía y aquí es difícil encontrar a alguien que lo hable. Saberlo lo saben casi todos, pero no tienen facilidad. Lo mismo me pasa a mí y me apuro. En cambio, cuando llegan las corridas de Agosto, como encargado de la plaza de toros trato con los mayorales andaluces y extremeños y me arreglo bien, sin vergüenza por el acento ya que ellos lo tienen más especial todavía. Me arreglo sin duda mejor que con los señoritos donostiarras aunque me cueste más entenderles.

Sí, señor juez de instrucción, me he desviado del tema y vuelvo a lo sucedido ayer en la plaza. Lo cuento a mi aire y usted pregunte lo que quiera. La plaza estaba llena de público cuando entraron Hurón y César, y en los primeros momentos Hurón, que era el nombre del toro, no vio al tigre y éste sí le vio pero no quiso arremeter contra él. Yo creo que se hicieron los distraídos para no tener que luchar. Así pasaron cinco minutos, por lo menos. Un empleado de Lizarazu empezó a pincharles desde fuera de la jaula, porque si no había combate se armaba la bronca e incluso habría que devolver el dinero de la entrada. Así que Hurón le lanzó finalmente una cornada a César, éste le arañó en la cara y el público comenzó a rugir de gusto. Pero enseguida se apartaron los dos animales, se veía que el tigre le había cogido miedo al toro y rehuía a toda costa la lucha.

El público montó la gran bronca y gritaban todos a la vez: ¡ladrones! y ¡Lizarazu, ladrón! Conque bajaron otros dos empleados con sus akullus y continuaron pinchando al tigre, que estaba agazapado en un rincón. Pero ni por esas. César se revolvía contra los que le pinchaban pegando zarpazos a la verja, pero no quería saber nada del toro.

A mí no me extraña que se comportaran así. Los animales sólo luchan por hambre, para comerse al otro, o por la hembra, nunca porque tengan ganas de luchar. El toro arremete cuando se siente encerrado en la plaza, para intentar escaparse, pero en el campo es pacífico. Somos los hombres los que nos matamos por las riquezas o por ganar territorios. Los animales, nunca.

A César lo trajeron al Chofre una semana antes del espectáculo y estuvo encerrado en el chiquero número 4 sin comer ni beber. Decía Lizarazu que pasando hambre y sed se les acrecentaba la bravura. Ya se vio que no es así. Cerramos con alambre la parte superior para que no se escapara de un salto. En la propaganda dijeron que venía directamente de la

India pero a mí me confesó Lizarazu que lo había comprado en un circo. En cuanto a Hurón, que vino de Tudela de sobrero para la feria del año anterior, se pasó todo el invierno en los corrales de la plaza. Nos tomamos confianza. Yo solía acariciarle desde el burladero y le daba de comer en la mano.

La verja se vino abajo junto a la puerta de acceso, a consecuencia de una arremetida de Hurón. Se escapó por el boquete, y justo detrás de él César, el tigre, a grandes saltos cuando todos pensábamos que estaba medio muerto. Todo era fingido, para que no le hiciéramos pelear que era lo último que quería.

La que se armó con el toro y el tigre fuera de la jaula, venga a correr los dos por el ruedo. Toda la gente chillando, histérica perdida. Luego empezaron los disparos, los que hacían los miqueletes y los que salían desde el público porque hubo algunos espectadores que también dispararon con pistolas. A César lo alcanzaron enseguida. Duró más Hurón, pero también cayó al final. Personas heridas hubo muchas, más de veinte seguro. Las bajaron en brazos hasta el hospital de San Antonio Abad, aquí al lado. En la enfermería de la plaza murió un tal Arocena.

Yo cuento lo que vi, ustedes dirán quienes son los culpables. Sólo quiero añadir que todo se hizo mal. El Gobierno Civil por dar permiso a Lizarazu, que sabemos es un sinvergüenza. El Ayuntamiento, porque sólo piensa en traer visitantes en verano sea como sea. La fundición Karrpard por hacer mal la jaula. Los miqueletes, por disparar con tanta gente alrededor. Y todos nosotros por venir a ver luchar a un tigre y a un toro cuando lo único que querían los dos era estar tranquilos.

EL TIEMPO INTERMINABLE

En el Club Ernio, aquella tarde, los componentes del grupo no jugaban a las cartas, ni charlaban en tertulia ni asistían a cursos de idiomas. El objetivo de la reunión era fijar un destino para las cercanas vacaciones de Pascua. Dirigió el acto Julia. El primer tema de debate fue si viajar solos o acompañados de pareja. Como era habitual, se sometió a plebiscito resultando siete votos a favor de la primera opción y cinco de la segunda. En cuanto al lugar, cada asistente defendió con entusiasmo su postura. Se optó finalmente por el Oriente Medio, cuna de las primeras civilizaciones y origen de la humanidad.

Aterrizaron el 15 de marzo en el aeropuerto de Biblos. Un vetusto Land Rover les trasladó a Dahuk, donde tenían apalabrados siete camellos especialmente dispuestos para las largas travesías. Cargados con sus petates y la tienda de campaña, emprendieron la marcha. Eider manejaba las guías turísticas y el GPS, aunque el camino estaba bien trazado y con señales claras. Veían a lo lejos la espesa circulación en la carretera, y en el cielo el trazado de los reactores. Cumplieron visita a ermitas excavadas en la roca, oasis como jardines y bazares interminables.

A la noche de la tercera jornada, ya dormidos, comenzó a soplar un viento huracanado que arrastraba nubes inmensas de arena. Estallaban los relámpagos con un ruido estremecedor y de madrugada tembló la tierra. A duras penas consiguieron mantener en pie la tienda de campaña. Con las primeras luces vieron sorprendidos que el paisaje había cambiado totalmente. No existían carretera ni caminos, tampoco rótulos señalizadores o postes de electricidad. Solo el desierto interminable hasta el horizonte.

Cabalgaron sobre los camellos en dirección al mar. A las pocas horas alcanzaban un oasis, donde se abastecieron de agua y dátiles mientras abrevaban los animales. Allí se encontraron con el grupo de guerreros alistados en la Gran Cruzada. Eran diecisiete y venían huidos tras una batalla con Saladino en la que éste había ejecutado con sus propias manos a Reinaldo de Chatillon y a muchos componentes de la tropa. Su aspecto no podía ser más desastrado: rostros macilentos, las armaduras deshechas, varios de ellos sin sandalias. Cada uno se expresaba en idioma distinto, el inglés normando, el francés primitivo de Languedoc, el latín evolucionado del Tesino, incluso un latín clásico que Pierre traducía a los miembros del grupo llegado de Occidente.

Enrique, muy versado en historia, explicó que las Cruzadas tuvieron como objetivo restablecer el control apostólico-romano sobre los Santos Lugares, en lucha con los seguidores de Mahoma, los tucitas y los turcos sanguíes, todo ello cumpliendo las instrucciones que cita el evangelista Mateo: "Toma tu cruz y sígueme". El papa Gregorio les llamaba Milites Christi y comunicó a todos los cruzados que tras su muerte tenían asegurado el acceso al reino de los cielos.

Lideraba al grupo de combatientes cruzados un anglosajón de nombre Richard. Les explicó que se encontraban en camino hacia la tierra de los faraones, pues iba a tener lugar allí una importante revelación divina. Julia propuso unirse a los cruzados en aquella aventura, obteniendo el respaldo inmediato de todos.

Bien aprovisionados de agua, de dátiles y de otros frutos germinados en el oasis —el grupo era ahora de veintisiete personas— se adentraron de nuevo en las tierras resecas de Israel. Al cabo de trece jornadas de marcha alcanzaron el gran recinto donde se habían concentrado centenares de hebreos, caldeos y asirios para recibir los Diez Mandamientos de manos de Moisés, el profeta.

Mónica era experta en Historia Sagrada y les explicó la vida y hazañas de Moisés. Ella lo había leído en la Biblia, concretamente en la Torá y en el Pentateuco. A su nacimiento, para salvarle de la persecución egipcia, su madre Iojebed le colocó en una cesta impermeable depositándola en el rio Nilo. Fue encontrado por una princesa egipcia, quien le educó en palacio. Desde joven pudo apreciar la brutalidad con la que el faraón trataba a los esclavos hebreos. Contó también Mónica la historia de la zarza ardiente. Luego, para que Moisés pudiera escapar, Jahvée envió las "diez plagas" sobre Egipto. Tres meses después Moisés subió al Monte Sinaí para recibir las Tablas de la Ley. Escritas sobre la piedra por el dedo del Todopoderoso, aparecían los Diez Mandamientos. Cuando Moisés bajó para darlos a conocer, descubrió que en su ausencia los israelitas habían fundido metales preciosos y construido un becerro de oro, a quien adoraban. Esta idolatría provocó la ira de Dios y de Moisés, quien destruyó las Tablas y el ídolo.

En este justo momento estaban cuando entra en la plaza el grupo Ernio que lidera Julia, junto a la banda de los cruzados. Contemplan con asombro la indignación de la plebe, que ama al becerro pero que también ansía conocer las normas de comportamiento señalado en las Tablas. Centenares de personas comienzan a desfilar bajo carteles improvisados, con gritos en idioma arameo, que Pierre traduce. Los cruzados y el grupo de Ernio se unen instintivamente a la manifestación. De pronto, de un camino lateral surge un batallón de soldados que arremete con fiereza para disolverla. Los cruzados sufren severas lesiones y quedan tendidos en el suelo. La blanca piel de los otros y quizás su todavía cuidado atuendo les salva de agresiones físicas, aunque son inmovilizados. Se los llevan a una mazmorra situada en los bajos de la fortaleza.

Horas más tarde comparece un magistrado con su escribiente, para proceder al interrogatorio. Julia solicita hablar en persona con Moisés pero su petición es denegada. Someramente, narra Julia el origen y procedencia del grupo Ernio, la sociedad en la que transcurren sus vidas, los avatares del viaje y la razón de su presencia ahora junto al Sinaí. Pierre traduce sus palabras. Añade que está demostrada la redondez de la Tierra, que ésta gira alrededor del sol y no al revés, que los humanos vuelan en máquinas de hierro y hace años visitaron la luna. Escandalizado, el magistrado le ordena callar y llama a la guardia para asegurar la custodia.

Los componentes del grupo, tras estudiar la situación, intuyen un porvenir bien oscuro. No obstante, el cansancio acumulado les hace recostarse sobre la paja y al instante quedan dormidos. Mediada la noche les despierta un frío intenso en las piernas. Con las plantas de los pies están tocando un suelo de arena y el agua de mar les llega a la cintura. Se encuentran en la playa de la Zurriola de su ciudad, desierta a esta hora de la mañana. Junto al muro divisan sus mochilas y equipaje diverso que, tras una ducha, recogen para cambiarse. Deciden tomar un café reparador en el bar Pekatxilla, justo enfrente. Allí se abre un debate para elegir su actuación en los próximos días, o bien contarlo todo tal como sucedió o inventarse una historia más creíble. Como es habitual en el grupo Ernio, se somete a votación resultando nueve votos a favor de esta última alternativa, y tres en contra, los de Emma, Pierre y Matilde que son partidarios de decir la verdad.

Una semana más tarde, acuciados por parientes y amigos, convocan un encuentro en el Café Okendo. Allí relatan con todo género de detalles la riqueza gastronómica de Oriente, los paisajes incomparables vistos desde el Sinaí, el misterio de las iglesias excavadas en la roca, las playas con el agua tan templada, los yates de los jeques saudíes, la increíble animación de los bazares. Un aplauso cariñoso cierra el acto.

EN EL RÍO

Sale de la discoteca sin despedirse y ya en la calle respira profundamente el aire fresco de la mañana. Extraña este silencio tras el estruendo de las últimas horas, las luces estallantes del cielo raso, el sudor que le impregna la ropa. Algún amigo había salido ya, pero Jokin quiso agotar la noche y se negó a acompañarla entonces.

Camina por el medio de la calle hasta la plazoleta cercana, dominando las náuseas. No hay tráfico, ni persona alguna. El viento le chicotea los bordes de la blusa. En dirección al río, bordea los edificios con jardines hasta la acera y llega al paseo amplio de árboles muy altos. La superficie del agua está cubierta por una espesa niebla que la luz creciente y la brisa no consiguen disipar.

Sentada en el bordillo evoca la noche cercana, con su música estrepitosa, las conversaciones imposibles y el sabor fresco del gintonic. Esta vez no había aceptado el sobre ofrecido repetidamente por un desconocido, y rechazó también los abrazos de un compañero de facultad que pretendía llevarla hacia los váteres. Se alegra ahora de estas renuncias. Siente sed y recuerda que la fuente más cercana está a lo largo de la orilla, por lo que continúa andando pues no se aleja demasiado de la torre junto al Estadio, donde vive desde hace tres años.

Ya bebiendo golosamente del chorro de agua, divisa a un hombre que se acerca. Aunque va acompañado de un perro, ella saca el móvil recurriendo a la fácil estrategia de una conversación que no existe. Y mientras habla, ve que por el río se desliza una embarcación ligera al empuje sincronizado de los remos que manejan cuatro chicas. Visten camisas rojas y verdes y pronto se difuminan en la niebla que aún persiste en la dirección del mar.

Sigue caminando junto a aquel puente donde el abuelo Perico les contó un día que fusilaban a los enemigos en una antigua guerra civil. Otra embarcación a remo, visible en el claror de la mañana, baja por el cauce. Evoca ahora las salidas de la infancia, por la Bahía, en la pequeña lancha de remos alquilada donde aprendió a bogar. Recuerda también —y es un recuerdo que la persigue constantemente— otra tarde en la que la corriente y las olas la fueron alejando de la orilla sin que sus desesperados esfuerzos pudieran evitarlo. La recogieron desde una canoa y ahora, sentada en el banco, piensa si mereció la pena. Quizás hubiera sido mejor dejarla fundirse con el mar.

Más adelante, bajo la estructura de la autopista, un grupo de jóvenes calienta los músculos mientras otros descienden al pantalán con el bote. Se acerca, y en broma la invitan a participar. "Estás fuerte y nos falta uno. Monta". Ella se ríe: "Ahora no, el año que viene".

Otra vez en el paseo, de vuelta a casa. El próximo sábado le dirá que no a Jokin, que ella prefiere no salir por las noches. Quizás se acerque a este club porque siempre le gustó machacarse al aire libre. ¿Tendrá valor para decírselo? Lo duda. A Jokin le quiere y procura seguirle en todo. Pero a lo mejor le convence para que también él vuelva a remar, como lo hizo en los dos primeros años de facultad, antes de empezar con esta gaita interminable de la Noche.

RETORNO

1912

En el hall del hotel pensó que andaba ya tarde y demoró para la vuelta el abono de los gastos de bebidas. Salió a la avenida espaciosa y arbolada enmarcada por chalets señoriales. En el paseo del río, junto al gran hotel y el teatro recién inaugurados, una multitud expectante se distraía a los acordes de la banda de música local.

Mezclado a la gente recuerda la semana transcurrida en la ciudad, entre fiestas y agasajos, en aquel primer centenario de su incendio. Había visitado la casa rural de sus ancestros, aguas arriba de este mismo río, en un lugar de Amara rodeado de ciénagas durante la baja marea. Allí había nacido su padre, forzado a la emigración a Mar de Plata, a los veintiún años de edad. Pronto aprendió a galopar, manejar las boleadoras, el lazo y el cuchillo, ocupándose en la Pampa de una estancia fronteriza en territorio de indios. Al morir, le había trasmitido a él, hijo único, vastas extensiones de tierra ganadera que administraba desde la capital federal.

Al otro lado del río, por encima de las dunas, Miguel ve ahora la masa compacta de la plaza de toros. Ayer asistió a la corrida desde el palco presidencial y el espectáculo le pareció de una crueldad estremecedora.

Acostumbrado a los mataderos industriales, sin embargo no pudo aguantar el chorro de sangre que brota del toro cuando le hieren con una lanza. Salió antes de terminar, alegando un mareo.

Se detiene la música. El alcalde se acerca, le toma del brazo y le conduce hasta el estrado. Dos banderas azules y blancas, la del país donde vive y la de la ciudad que le acoge, cubren la placa sujeta a una columna del hotel. Al descubrirla se lee Paseo de la República Argentina, un homenaje a la nación que acogió a su padre y a tantos otros.

Sabe que no volverá a San Sebastián. Pero piensa transmitir a sus hijos, y a los hijos de ellos, el recuerdo de estos días. Su padre viajó durante dos meses estibado en la bodega del *Ángela*. Él llegó en diez días a Barcelona, en el confort de un lujoso camarote. La ciencia avanza muy rápido. El pasado lunes, un aviador francés cuyo nombre no consigue recordar, sobrevoló la bahía en aeroplano con acrobacias increíbles. Parece que este será el futuro.

La banda de música interpreta los dos himnos.

CAMIONERAS

Soraya y Martita saludan desde el estrado a los cerca de cuarenta compañeros que han acudido al agasajo. Tras la introducción del presidente relatan ambas el arriesgado viaje a Neyshabur. Proyectan imágenes del Scania R 470 cargado con el transformador gigante, las dos posando con los barbudos guardias de frontera, de una mujer con burka junto al volante del camión y la descarga del transformador en la central térmica. Suenan unos aplausos, tras referir la avería en la ruta de vuelta. Han sido treinta y cinco días, durmiendo siempre en la cabina. Terminan la disertación con una imagen de ellas ante el radiador del Scania. Los camioneros rompen en una encendida ovación y descorchan las botellas de cava.

9 788417 313531